水底の　窓の灯りがともり

峰岸了子／峰岸伸輔

書肆山田

目次——水底の　窓の灯りがともり

水底の　窓の灯りがともり

水底の　窓の灯りがともり

水底の　窓の灯りがともり

ひかりを掬う

あれはいつだったのか
疎林で　ひかりを掬《すく》う人を見た

ヨットを操舵する人のよう
　風の流れを読み
昆虫を採集する人のよう
　　目線を泳がせ音もなく進み

虫網のようなものを持って
ひかりを掬っていた
　　　気配を消し　耳を澄まし

ときおり網のなかに
ひかりの欠けらがはいっていた
掬う人はそれをつまみあげ眺めた
手のひらの欠けらは
ひとひら雪のようにはかなく消え

それでもなお
からになった手のひらを
じっと直視《みつ》め
佇み

また歩きはじめた
からだの内側にあるやみと
からだの外側にあるひかりと
そのあわいを
行きつ戻りつしているように
木の間隠れを遠ざかって行った

ときに
空を見あげ

帰郷

ただいま
　おかえり

同時に振り向いて笑ったのは
若い父と次兄とその連れ合いだった

二人の姉と
長兄はいない　そうか
いないのは家を出た人たちだ
機嫌良く答えてくれた三人は
いつ仲直りしたのだろう

いにしえの昔
八幡神社の杜と山が迫る狭間で
寺と宿坊が合わせて二十軒あったという古い村は
谷間に深く食いこみ緑に沈んでいる

水を張った稲田には白サギが飛来し
ツバメは土間の梁に巣を作り
晩秋には柿の実が熟す
隠れ里のような故郷

人は代がわりしても
家は建て替えられても
店一軒ない村に人の往来はなく

ひっそりとした大気のなか
見覚えのある
翳《かげ》の人たちが

どこからともなく近よってきて

おかえり

ただいま

昼さがり

二階の広い喫茶室にいたのは
窓辺のテーブルを囲む四人の女性だけ
風が強く　欅《けやき》が大きく揺れていた

魂の話になった
　二人は魂をみたと言い
　　二人はみたことがないと言った

みたことのある一人が言った
夜明け近く　白いまゆ玉がつぎつぎあらわれ
頭のまわりをぐるぐる回った

なんだこれは　と思った
　あとから　恋人が亡くなった知らせが届いた

つぎにみた時は三個のまゆ玉
やはり頭のまわりを回った
誰が別れにきたのかと気になっていたら
　　親しい友人だった

もう一人は　うたた寝をしていた
昇天するこがね色の球体をみやると
天上には同じ色の球形が集まり下界をのぞき
そわそわうろうろ待ちかねているようす
　いきなり鳴った電話は義弟の訃報だった

生まれてくる話は
金色にかがやく二匹のオタマジャクシが
仏壇に黙禱《もくとう》するまぶたの闇の奥から
ひらひら泳いできた
　数日して　子どもから告げられたのは双児の受胎だった

静思がおとづれ
カチン
グラスの氷が崩れた

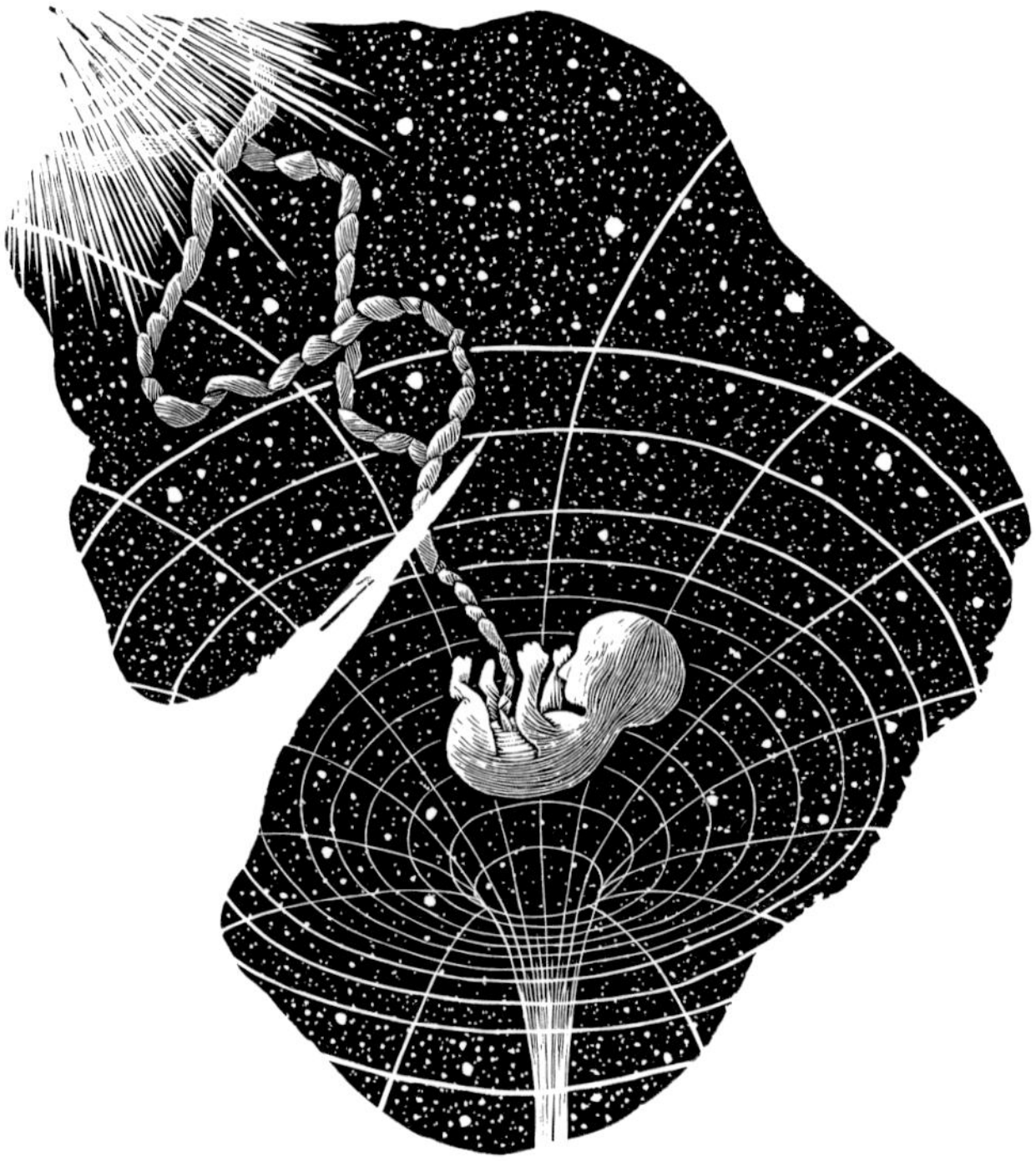

招かれて

いま　わたしは
あなたのお胎《なか》をかりて育っている

あなたは　わたしが
どんな顔つきであるのか
どんな性質の児であるのか
どんな未来を招来するのか　知らない

わたしも　あなたが
どんな心根の人なのか
満たされているのか落胆しているのか　わからない

あなたとわたしはへその緒でつながり
おなじ鼓動を打っている

どこまでさかのぼるとたどりつくのだろう
ホモ・サピエンスに至るまでの
巨岩がひとつぶの砂になるまでの時間よりも長い
果てのないイノチの伝授　血のバトン

螺旋を描きつながり
いま　わたしがここにいる
まだ名前はない
もうすぐ　出口の扉がひらく

手や　足や　顔や　知性
すべて備わっていなくても　あなたは助けてくれる
決して戻ることのできない　産まれたいわたしを
呼吸を合わせ力一杯押し出してくれる

暗闇から明るいところへ
準備はできている
もうすぐ　会えるね

スズメ

空から
スズメが落ちてきた

嘴はやわらかで
羽根はのびきっていない
うまく飛べなかったのだ
親鳥が呼んでいる
しきりに声かけをする
　さあ　もういちどとぶのよ
　ちからふりしぼり

雛鳥は見あげた
まぶしい空のどこにも
止まり木はなく
緑の垣根はひろい道のずっと先で
母さんの姿は見えない
　　　　どこへ　とべというのだろう

鉤爪のついた小枝のような指は
ぶらりと垂れ
　　　　あたりがだんだんくらくなる
　　　　さむいなぁ

薄れていく意識が捉えたのは
からだを包むぬくもり
持ちあげられ宙に浮く
　　　　あ　いまぼくはとんでいる

小さい手は
スズメを頭上高く持ちあげ

叫んだ

とぶんだよ
おかあさんのところまで
とばなきゃだめだよ
しんじゃぁだめだよ

終止符

星さえ眠る寒波の夜更けに
別れの言葉も伝言もない
突然の旅立ち

柩に横たわるひと
夏に住むあなたは生彩をはなち
青空にむかって咲く大輪のひまわりでした

愛の終焉に気づいたときにはもう
すべてが手遅れ
ＤＶの毒牙に蝕《むしば》まれたあなたの心は

ふちから壊死していき
かそけく声は　だれの耳にも届かず
　　語られることも知らされることもなかった
　　　七週間の短い結婚の真相

紅椿が　氷る大気を砕き地面に落ちた
その刻《とき》を同じゅうして

予定された調和のよう
あるいは仕組まれた罠のような結末を迎え
　　決断を迫られたあなたの覚悟は　流れ星
　　　いずくへと向かったのか

ながい尾を引き消滅した

時を駆け抜けた
あなたの物語の文尾に
制裁の終止符を打ったのは

だれ？
　だろう

ここにいないあなたを想い

冬ざれのかげりのなかにいた
淋しさと虚しさをかさね着して

あなたが恋しくなつかしく
おもかげをやどす人のすがた
カツカツと響くハイヒールの音
夜ごとの夢のなか
あなたを捜した

残されたＣＤにあなたを聴き
　ふるい日記にあなたを読み

　返事のないあなたと話し
喪ったことで顕《あら》われてくるものがあり

五月にさそわれ窓をひらくと
太陽は定位置でくまなくあたりを照らし
地球はゆるやかに公転していた
カーテンが風にはためく

そうだ　植物園に行こう
　色とりどりの花が咲く道を抜けると雑木林になり
白樺にたどり着く
　　見あげれば葉ずれのきらめきがここちよく
無邪気に笑ってしまうだろう
　　　あの旅の日のように

笑いはきよらな魂のかがやき
頭のなかに去来するのは　あなたのいつものえがお
陽が降りそそぐここにいて
　ここにいないあなたといっしょに

笑いたい

せめて
もう一度

夏の空に

黒揚羽が　舞う
　さわさわ　はたはた
　　さわさわ　はたはた

ギャラリーの植木を
野球場の観戦席を
選挙に行った学校の校庭を
商店街のプラタナスの並木を

気づいた途端に姿を消す
きっと　同じ黒揚羽

いく先々につきまとう

黒くひかる鱗毛が
脳裡《のうり》に畳まれた悔恨の記憶を呼び醒ますので
どうしようもなく
自分を責めてしまう

人は何らかの傷を負って生きている
傷は完治することなく
むしろ　深く侵入し
結晶体のように存在しつづける

　黒揚羽が　舞う
　　さわさわ　はたはた
　　　さわさわ　はたはた

空気が波動し
漠とした感触が伝わってくる

黒揚羽
言いたいことがあるのなら
ここまで
やってこい

惜別

夏草をかきわけ電車がやってくる
遠くから来たらしい
初めて見る色と型だ

黄昏から夜に入っていく時刻を
ゆっくり通過する
窓の外を眺める人はいない

車内はにぶいひかりにてらされ
思いおもいにくつろいで話しこんでいる
ほのかな影の人たち

その一人に見覚えがある気がして
懐かしさと嬉しさがこみあげ走り寄ると
ひそかな風とともに
目の前を通過してゆく車輛
音もなく

どこへ行くのか
隣の群落
その隣の集落を過ぎ
めっぽうくらい港に行くのだろう
潮騒が
地球の寝息のように聞こえてくる海岸線

　　　その先は　天と海とが交わり
　　　　生きているすべてのものが戻っていくところ

線路脇の一本の杭になったように突っ立っていると

微光の水面を遠ざかり
今日と明日がからくり時計のように入れ替わる
ひとまばたきの刹那
電車はすーっと溶けて
見えなくなった

窓あかり

その日
夕闇が
満ち潮になって家々を沈めていくと
窓のあかりがつぎつぎに点り
部屋の一つひとつに温もりが戻った

あかりは誰かがいる知らせ
誰かが帰ってきたしるし
それぞれに
これからの日課をこなしていくのだろう

いつまでたっても
あかりが点らない窓がある
がらんどうの空間に
　明日はもう永遠に訪れることはなく
　　覆すことのできない時間層だけが居座っている

深夜に
取り残された窓のあかりが
三つ　四つ
夜更けてなお
今日が終わらない人の静かな気配がある

一晩中
あかりの消えない窓があるのは
いつでも帰ってこられるように支度された
道しるべ
街すじを照らす
待ち人のいちずな想い

待つ時間の遠さ

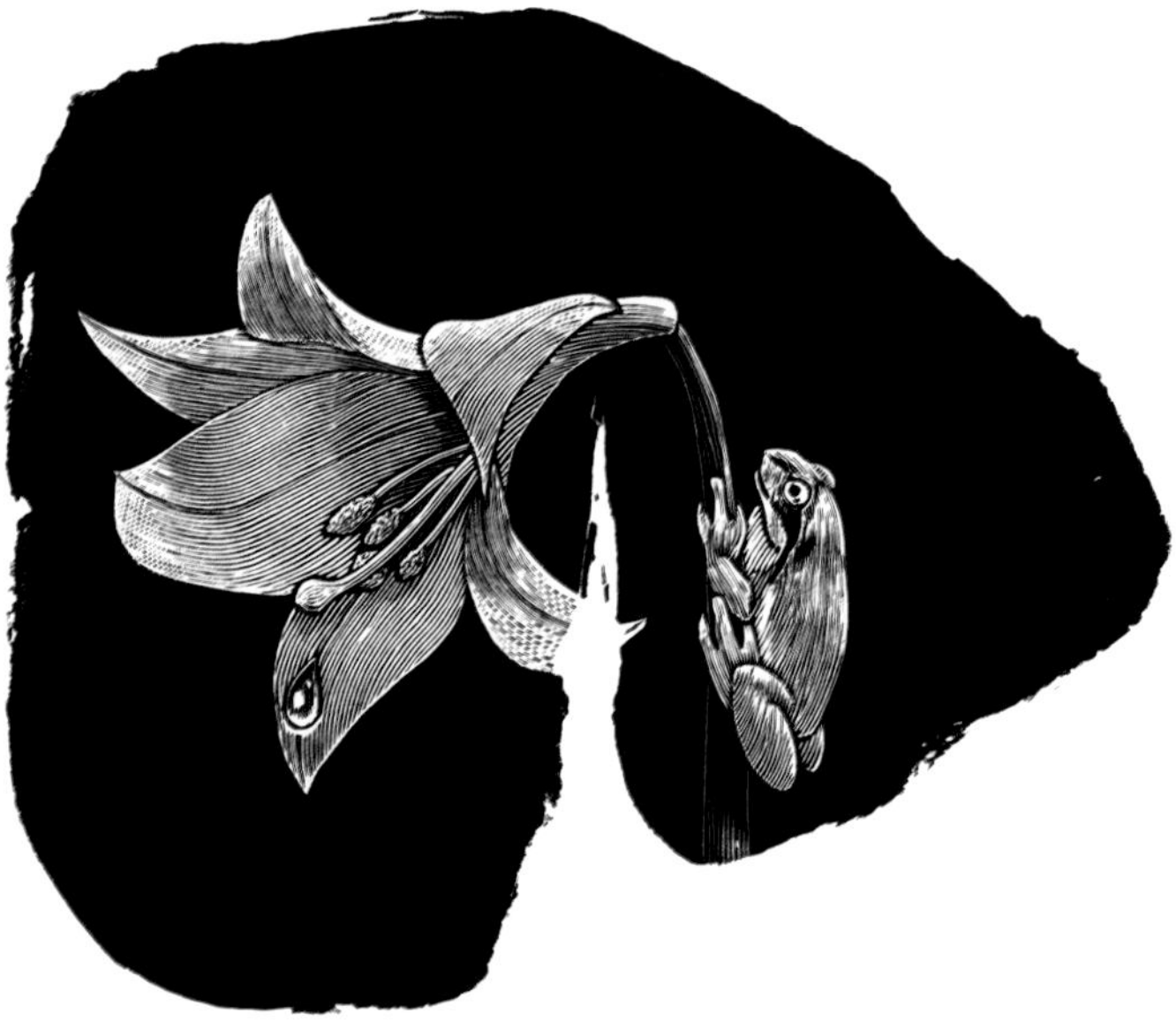

夢

雨の音を聞きながら
眠りについた

夢のなかでも雨は降り
歩きつづけるうちに
だんだんと闇は深まり
ゆりの匂いが強まっていく

見ると　苔むした丸い墓石の下から
斜めにのびた茎の先に一輪のゆりの蕾
『夢十夜』[*]のゆりだ

折しも雨はやみ
とき満ち　蕾はかすかに揺れはじめ
匂いはいっそう濃くなった

するするほどけていく花弁は
漆黒を切り裂く清い白さ

生まれたての卵を思わせる青白さは
すべての采配の埒外にあり
百年という
時間と空間を飛びこえあらわれた仮象

ホーンのくぼみを覗こうとすると
細い喉の奥から甘美な声がのぼってきて

ちょうど約束の年だと思いましたのに

百年は
たったいま通り過ぎたのでしょうか
それとも
もうそこまで来ているのでしょうか

いぶかしむ声は
出窓の壺のあたりから聴こえ
見えるはずのない真夜中の
おおぶりの白いゆりが
じっと凝視《みつ》めていた
こちらを

＊ 夏目漱石『夢十夜』

午前三時

　小屋をあけわたすな
　そこに宝がある

耳元にぬくい微風を感じ目が覚めた
午前三時

部屋には誰もおらず
外の物音はピタリと止んでいる
家は沈黙し
家族のベッドはきしみもしない

太陽はまだ　太平洋のうえ
これから始まる一日も　小休止していて
牛舎の仔牛に寄りそい　眠っている
合歓《ねむ》の木の葉にくるまれ　眠っている

眠る人を起こしてはいけない
目覚めた人は起きているがいい

　　どのように生まれたかではなく
　どのように生きたか
生きるのか

　自由にあこがれた
自由でありつづけることに……

小屋をあけわたすな
そこに宝がある

どんな顔で　どんな心ばえで
新しくやってくる朝をむかえよう

午前三時
まだ時間はある

港の時計

かつて　わたしは舟乗りだった
舟は小ぶりで華奢だったが
しなやかで丈夫にできており
いくたびもの嵐に打倒されても
壊滅しなかった

舟はいま　大きな港のそばの
船溜りに停泊している
こんど乗るのは　最後の旅

国旗がひるがえる巨大コンテナーや客船を縫って

小型船が行き交っている
あの子も　自分の舟で
外海に乗り出した

わたしの乳房の一つが消えたとき
幼かったあの子は

　　おっぱいみつけてくるね
　　ひろばのむこうにさがしにいって
　　くっつけてあげるからまっててね

待っていよう　いつの日かきっと
かなたの水平線にぽつんとあの子の舟があらわれ
一直線にこちらにやって来る　希望のように

港を見おろす時計の針は
　　きっち　かち　きっち　かち　きっち　かち
波のうねりと重なり

カモメの啼きあう声にまじり
　きっち　かち　きっち　かち
　　わたしの心音を刻んでいる

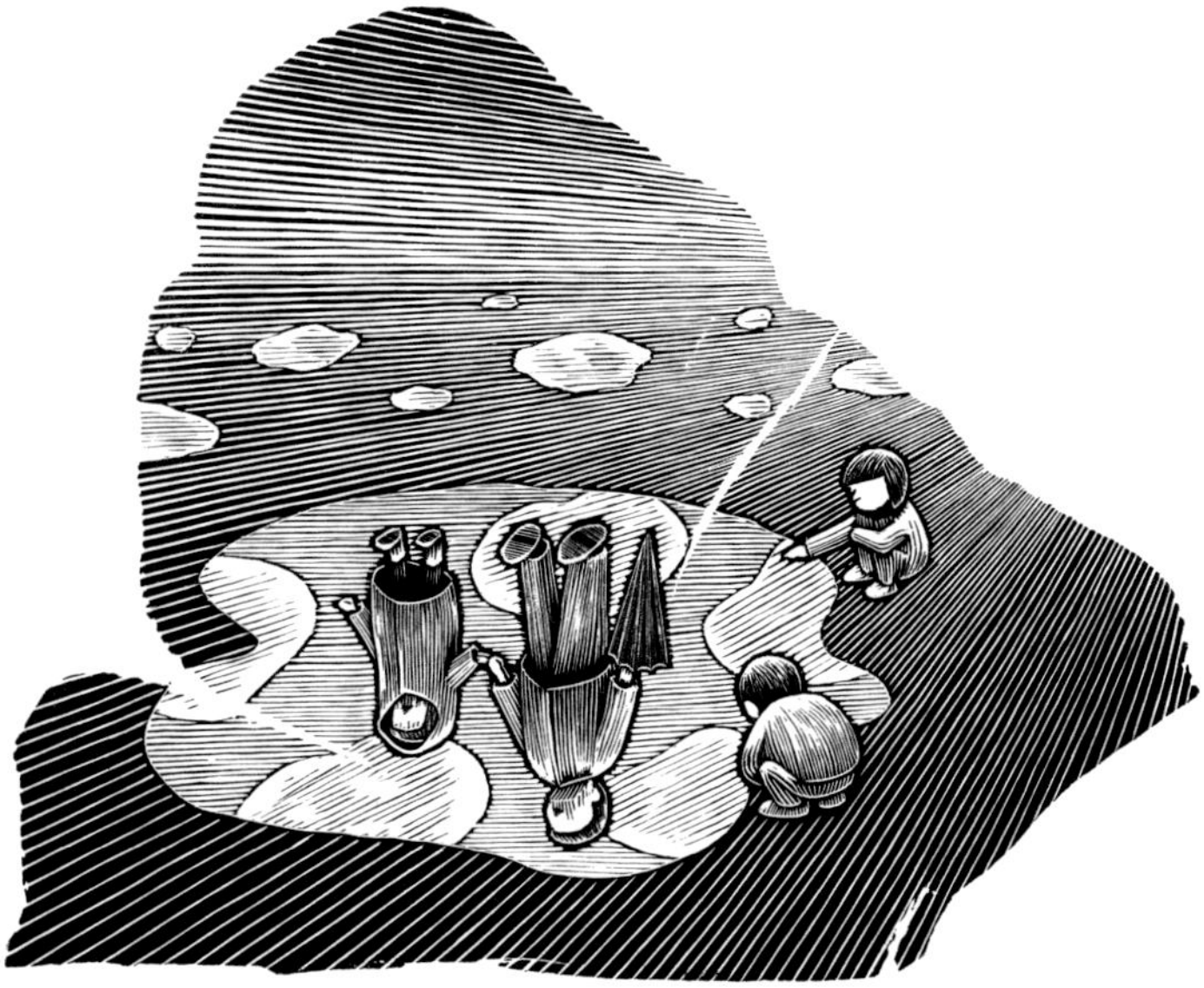

穴

雨があがるときの
空の明るさが好きだ

すれ違う人がみな傘をたたみ
覆いが取り払われると
ひらけた視界にたがいの距離が近くなる

歩道に残された水たまりは飛び石のように連なり
　街並みをうつし
　　行き交う人の姿をうつし
　　　そよぐ木をうつし

雲間の青い空をうつし
子どもの黄色い長靴が水をかき乱し
また　風景が現れる

足もとの景色を
つぎつぎになぞっていくと
どこへ辿り着くのだろう

扉を開け閾《しきい》をまたぐと
そこは隣の部屋
死者はもう産まれ変わっている
そう言った人がいた

この世を反転させる
水たまり

地面にあいた穴からのぞくと
水底のような青い空に

魂ごと
吸い込まれそうに
なる

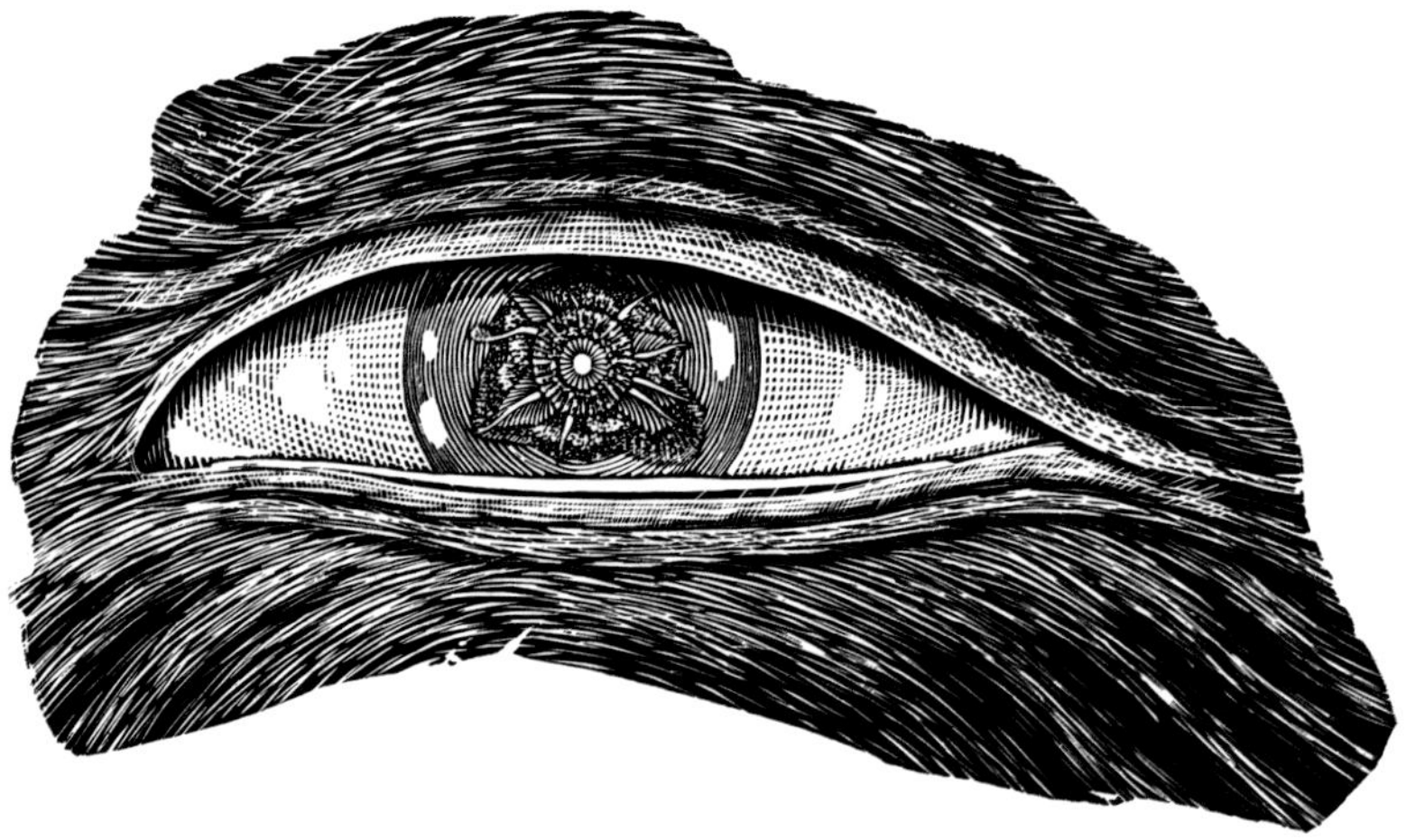

知らせ

行かなくっていいだろう?
どこへ?
カミサマのところ

カミサマに呼ばれたの?
うん

まだ行かなくっていいよ
そうだな

ベッドから起きぬけの
心ここにあらずの白濁した双眼が
ひたとわたしの目をとらえ
うなずく

うん　とつぶやきながらも
額をめぐらせ
聲のありかをさぐり
でてきた　月明かりの部屋へと戻っていく
老いた人

のろのろと立ち去るうしろ姿にも
暗然とした想いが澪を引き
椅子に座って見送るわたしの足元に
ひたひた押し寄せてくる

どんな言葉で
聲かけを
したのだろう

カミサマ
は

両手をひろげ

落ちてくるものを
受けとめよう　それは

たんぽぽ綿毛に託した
夢のかけらかもしれない

はじめて吸う空気に震えた
赤子の産声かもしれない

誰かの孤独な

寂しい想いかもしれない

さすらう霊の
祈りかもしれない

死者からの
伝言かもしれない

異星に植わっている木の
一葉かもしれない

一葉に書かれた
「あなたはだれですか?」の文字かもしれない

成層圏を漂っている
言葉にされなかった記憶かもしれない

探しあぐねていた
詩の一行かもしれない

宙《そら》の高みから
落ちてくる　それらは

合唱

落葉松《からまつ》林へとつづく畦道で
赤い実がついた屁糞葛のリースができあがった

ウロボロスのような輪をつくり
過去が　現在《いま》を呑みこみ
現在が　未来を絡めこんだ祈りの形象
境い目がない

いのちは死んでも
　また　新しいいのちが走り回り
　　　地上は賑やかで

太陽系の
惑星の軌道は永劫に変わらず

風には始まりも終わりもなく
　誰にもうつろう風を
　　手なづけることはできない

柔らかな日ざしを浴び
赤い実の一つ一つをなぞっていると
風が運んでくる歌声が聴こえてきた

たなびくしろ雲から
山陵から
麓のりんご畑から
大地をきざみ流れる川面から　海から
ありとあらゆる方向から
繰りかえし押しよせてくる音の波

すべてが渾然一体となり合唱をしている

わたしも声部の一部になり
合唱の環に入っていこう

その時刻《とき》がきたら
空のヒバリになって

森にふく風　あるいは　声

風の旅

風が
山々を抜けると樹木は
葉をひるがえし会釈した

小麦畑に入ると穂の
一本一本が振りむき

見送った

鼻筋を撫でると
馬は首を立て
脚をならした
海に潜ると
海は咳こみ
吐きだした

マストを昇ると
白い帆は膨らみ
船出にそなえた
呼ぶ声は
船だった
行かないか？　いっしょに

凪は
帆桁を蹴ると
天空高く翔んだ
あたりの雲は大気に
とけていったが
凪は
空の碧を游いだ
どこまでも
どこまでも

男狐

その丘には一匹の
男狐が
棲んで
いた

早春の野焼きは
瞬くまに燃えひろがる
地を這い強風に舞う
炎の舌に呑まれたか

黒煙に巻かれたか
広大な焦土に
男狐の姿はない

丘はまるい肩とくびれた腰を
うららな春の陽にさらし眠る
やがて
のびた蕨が葉をひろげ
全身が天鵞絨《びろうど》の緑に変わると

とつぜん
丘が起きあがるのは
夏という季節のなか
やむにやまれぬ思いがあり
男狐をさがし
草の波がさまよっている

うね
うね
うねね
うねうね

水色の空

大きく
翼を広げた
鳥がするどいひ
と声を発し空を引っ
ぱっていったそれからだ
日蝕が始
まった
の
は

果実は
育たず約束
は守られず天使
は姿を見せず子は生
まれなかった人々は病の

蔓延を噂し希望のみえな
い未来に不信と疲労
と諦めが色濃く
なって
い
く

鳥が
引っぱって
いった水色の空
は地球を一回りして
戻ってくるのだろうか？

あるかなしか
の影を持つ
この国
土
に

鳳仙花

なにかが撥ねた
魚？
ちがった
バッタ？
ちがった
雨だれ？
ちがった

鳳仙花の果実だ
開裂し
飛散した黒い
堅い種子だ
草むらが匿い
土塊がくわえ
未墾の大地に
埋めこんだ
一粒の種子だ
辛抱強い意志と
鋭い感覚の
邁進する意識だ
発芽のときを待つ
月日がめぐり
ふたたび鳳仙花の
ポンとはじける
音を耳にしたら
それは扉を叩く音
一編の詩が
たどり着いた知らせ
時満ちて咲いた
音楽のような

トランク

パチン
　留め金を閉めた
　　あのとき何を入れたのだろう
　　　トランクに

　　　　　　さらに
　　　　　鍵までかけた
　　　　手元に置く気になれず
　　　雑木林の茂みに隠した

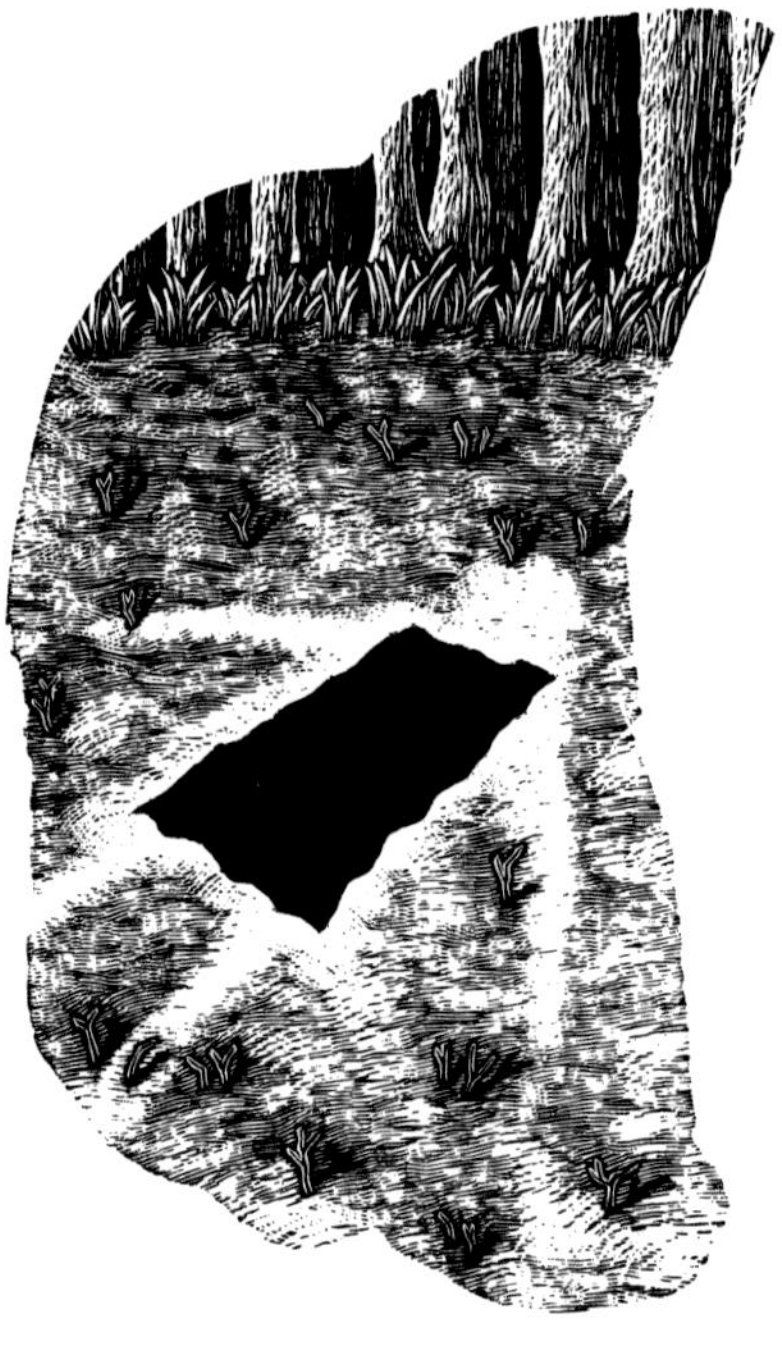

はじめトランクは
トランクだった
やがて苔がおおい
落葉が降り積み
きのこが生え
大地の一部になり
いつしか忘れた

あれはきっと
良からぬこと
恥ずべきこと
隠したいこと
それがいまでは
土のなか
慰めにもならない

愚かさを気づくには
おそすぎた

ひらら　ひら　ひらら

人の話を面白おかしく聞いていていた
はずだったはずなのに
表面張力の縁から
片耳が剝がれ
落ちていく　ひらら　ひら　ひらら

四八階の高みから
ビルの森に

花弁にみえるあれは絶望
猥雑な大都会のいたるところで

口をひろげ
　待ち構える
　　墓あなへと　ひらら　ひら　ひらら

もう片方の耳は
不意うちの仕打ちに
怒っていた
うそでしょ

沿道の声援に励まされても結局
　勝ち目のないレースを
　　展開する私たち
　　　早かれ遅かれ
　　　　落ちていく　ひらら　ひら　ひらら

ならば　教えてよ
落ちていくその先が
光であるのか
闇であるのか

狼族

狼は
　めったなことではうろたえない
　　やすやすと手に入る餌には
　　　警戒をとかず注意を怠らない
　　　　たえず神経を武装させ
　　　　　自信に満ちていた

自信は
自分を守るためのもので
十分に言及したわけではない
心のおくそこでは
疑っていた
毛皮を脱いだ自分を

しかし自分を守る
それだけの理由でよこしまな
嘘も駆け引きも傲慢も
ものとはせず
あらゆる闘いを
闘った

群れにも我がうちにも
穏やかなしじまが訪れる
そのときを見計らい
保証のない夜を眠る
それが流儀だ
狼の

歓びの家

ああ　よかった
出て行ったときと同じ

額ぶちの絵も本棚の本たちも喜色
を浮かべ扉の向こうから子どもの笑
う声と賑やかな話し声が聞こえてくる

庭の植木は光りと
翳とにひるがえり
明るくさんざめく
おかえりおかえり

仕事部屋の扉を開けると
空気がかすかに揺れた

言葉が到来し詩が生まれた机の前の
椅子にはひざ掛けが畳まれたまま
で誰かが座っていた気配がある

変わらぬものがここには
ある歓びと悲しみと自在
な精神がやどる小さな家

幸せの記憶が刻まれた家が
あるかぎり人は何度でも出か
けて何度でも戻ってくるだろう

懐かしさのあまり
死者でさえ
戻ってくるだろう

色取月の夜　あるいは　イヴ

受粉して結実した
豊潤な時間が球形となり
器に盛られる

甘く
酸っぱく
熟れた蜜の香りが
あたりにただよい
挑発する

赤い情熱
セザンヌが
マチスが愛した
色取月の果物
純潔を艶美に
粧った　　　あざやかに
さえざえと
照り映え
誘いかけてくる
ほほ笑み
思わず
知らずかぶりつく
禁断の木の実は
傷つき
えぐられ
白い果肉に残る
くっきりとした
歯形

あ
企む蝮の目に見られている

金木犀の夕闇

東
の空
人参色の
ぼてぼての
巨大な満月が
息もたえだえ
家並みの稜線に
手足をかけ
よじのぼってくる

——あれは
お月さんじゃない

アスパラガス
の指をむけ
あかく熟れた月に
女の児は怯える

——ねどこもどこも
　昏いよ

月は抑情し
爛熟しており
きつく匂う金木犀

携帯電話をかける人の
声は鋭く棘があり
すだく虫の音は
かんだかい

常とは異なる
月の気色に
児を抱き寄せる
耳ちかくで
密かな
聲

——みてごらん頭上を
大きな鱏《えい》が
渡ってる

晩秋に

晩秋の真昼
煙も立てず匂いもなく
あかあか燃えあがる
一本の樹
もえろ
もえろ
もえろ
己を枝に縊《くび》った男の
亡骸をぶらさげた

樹は
火刑になった
もえる
もえる
もえる

直立のまま
舐めつくされ
静かに炎上する
天を焦がし
もえて
もえて
もえて

舞い降りる
落ち葉となり
飛び散る
火の子となり
もえた
もえた
もえた

浄火をあびた男を
故郷は
やさしく腕に抱く
ピエタのように

二羽の大ガラス

閉館の音楽に送られ美術館をでると
鼻先をかすめた二羽の大ガラス
噴水の池めがけ真っしぐら

凍った水も
なんのその
羽づくろい
身づくろい
鉄気《かなけ》に光る
嘴は三日月刀
みごとな立ち回りで咬みあう
ガツガツ

ゴツゴツ
烈しいキス
猛々しいキス
ぶつかる胴体
大袖をひろげ
舞う猛者だ

銅色に
染まった
西空の残照
かがやく雲の
峰峰に向かい
八咫烏《やたがらす》の末孫が二羽飛び立った
だんだん
小さくなり
黒点となり
失せた

目指す山ではやがて
牡鹿の角が抜けはじめるだろう

あとがき

『水底の　窓の灯りがともり』は詩人と版画家による作品集です。詩人・峰岸了子は私の母親です。二〇一八年に十七篇の詩を書き残し永眠しました。版画家の私はそれらの詩からイメージを膨らませ作品を創りました。二〇一九年の展覧会で発表いたしました。

二〇一五年春に三度目の癌が見つかり、母はもう闘病はしないと家族に告げました。とても受け入れ難い決断でしたが、過去の治療で本当に辛そうな姿を見てきた私たちは、母の意志を尊重することにしました。

しかし後に癌が脳に転移しているかもしれない、と医者に告げられると耐え難い化学療法以外の、ホルモン治療なら始めてもよいと思い立ってくれました。脳が機能しなくなり「詩が書けない、本が読めなくなる」という恐怖心は、治療せずに死に至る事実に勝っていたようです。物書き、そして創作家だった母の生き様を感じました。

二〇一七年一月二三日に私の妹の理子が突然に亡くなりました。この予期しなかった現実に、家族は計り知れない悲しみに包まれました。皆が極限の感情を耐え忍ぶなか、母は自分の身体の辛さを差し置いて、よく生き抜いてくれました。残された家族を癒すために、自分が死んでそれ以上の哀しみを与えないために。しかし娘を亡くした母の哀傷は、私たちの想像をはるかに超えていたと思います。「理子が居なくて寂しいね」と口癖のように小声で呟き、言葉では表せない悲痛な表情で背中を丸める母の姿は脳裏に焼き付いています。

二〇一八年初夏に母と私は、理子のために詩画集を創ることを決心しました。母の体調は悪くなっていく一方でしたが、亡くなった娘を憶い偲んで詩を書き続けました。伝えたいことや書き残したいことが次々に湧いてきたのでしょう。初めは十二篇の詩で詩画集を創る予定でしたが、詩の数は増え続けました。「ありがとう。これで終了です。」と手直しの終わった十七篇の詩が私に送られて来たのは一〇月一三日でした。その少し後、一〇月三〇日に母は亡くなりました。

母は文学だけでなく芸術をこよなく愛し、自らの創作と同時に文芸・美術教育にも長年取り組んできました。自宅で毎日のように絵画教室を開き、生活協同組合では読書推進活動に励みました。区の図書館や美術館で開催されるワークショップの企画運営も行いました。数え切れないほど沢山の人と出会い、大切な時間を過ごしました。また人助けを好み家族の知らないところで、いくつものボランティアをしていました。そんな母は多くの人を慕い、それ以上に多くの人から慕われていました。暖かく大きな愛に包まれ生きていた母は幸せだったと思います。最後に「私は満足です。」と家族に告げて逝きました。

本作品集には二〇一七年に手製本した詩画集『森にふく風　あるいは　声』もあわせ収録しました。小さな黄色い本でしたが、母が自分の作品集として最も気に入っていたものです。

母と私の作品集を手に取っていただきありがとうございます。

二〇二〇年五月　峰岸伸輔

峰岸了子（みねぎしりょうこ）

一九四四―二〇一八。詩人。第二次大戦末期に大分県宇佐市に生れる。三歳で母親を亡くし、一九歳で父親を亡くす。高校時代に詩作を始める。六九年、結婚のために上京。以後、東京都世田谷区に住む。

著書

『さらにもうひとつの朝が』（一九六八年／詩集／季節風社）
『習性のためのデッサン』（一九七六年／詩集／深夜叢書社）
『未知の季節に生きるのは』（一九八一年／詩集／深夜叢書社）
『たかが詩されど詩』（一九八六年／詩集／深夜叢書社）
『三月の溺死』（一九九一年／詩集／深夜叢書社）
『過去からの手紙』（一九九六年／詩画集／画＝峰岸伸輔／ふらんす堂）
『私の神は』（一九九七年／英訳付詩画集／画＝峰岸伸輔／ふらんす堂）
『恋文みたいに』（二〇〇二年／英訳付詩集／ふらんす堂）
『Continuation of Tomorrow　明日の続き』（二〇〇三年／アンソロジー／美研インターナショナル）
『かあさん』（二〇〇八年／詩集／水仁舎）
『いつしか風になる』（二〇一二年／詩集／書肆山田）
『ことばあそび』（二〇一四年／詩画集／画＝峰岸了子／こがしわかおり出版）
『夢みる卵と　空の青』（二〇一六年／詩画集／画＝峰岸伸輔／書肆山田）
『森にふく風　あるいは　声』（二〇一七年／詩画集／画＝峰岸伸輔／私家版）
『ねことママレード』（二〇一九年／絵本／こがしわかおり出版）
『水底の　窓の灯りがともり』（二〇一九年／詩画集／画＝峰岸伸輔／AYA PRESS）
『水底の　窓の灯りがともり』（二〇二〇年／詩画集／画＝峰岸伸輔／書肆山田）――ほか

峰岸伸輔（みねぎししんすけ）

一九七〇年、東京都世田谷生れ。版画家・ブックアーティスト。九三年渡米。カリフォルニア・セコイヤ短期大学入学。後にカナダ・バンクーバー市に移り、エミリー・カー美術大学を卒業。大学在籍中から作家活動を始め、九〇年代半ばから個展・グループ展など複数の展覧会を毎年開催。公募展での受賞多数。手がけた書物や版画作品は世界の美術館・大学・図書館などのコレクションに収蔵されている。二〇〇〇年、カナダ国永住権を取得し、現在はエミリー・カー美術大学のスタジオ・テクニシャンと講師を兼任している。二〇一九年、出版社AYA PRESSを起し、私家版詩画集『水底の　窓の灯りがともる』を刊行する。

http://www.shinartist.com

Ryoko Minegishi (1944-2018)

Poet Ryoko Minegishi, was born at the end of World War II in the small village of *Usa*, located in the southern part of Japan. She lost her mother at the age of 3 years old and her father at the age of 19. She began writing poetry during her high school years.
She moved to Tokyo in 1969 when she married. She resided in *Setagaya* ward, Tokyo until her death in the fall of 2018.

Author Ryoko Minegishi's selected publications
- Poetry book "Furthermore, another morning" Published by *Kisetsufu-Sha,* 1968
- Poetry book "Sketches for habits" Published by *Shinya-Sosho-Sha,* 1976
- Poetry book "to live in an unfamiliar season" Published by *Shinya-Sosho-Sha,* 1981
- Poetry book "It's just a poem, yet it's a poem" Published by *Shinya-Sosho-Sha,* 1986
- Poetry book "drowning in March" Published by *Shinya-Sosho-Sha,* 1991
- Poetry/art book "letters from the past" (Artwork by Shinsuke Minegishi) Published by *Furansudo,* 1996
- Poetry/art book "MY GOD" (Artwork by Shinsuke Minegishi. Translated to English by Robert Manley, Yoko Sakota, Ethne Ashizawa) Published by *Furansudo,* 1997
- Poetry/art book "As If It Were a Love Letter" (Artwork by Shinsuke Minegishi. Translated to English by Robert Manley, Yoko Sakota) Published by *Furansudo,* 2002
- Anthology "Continuation of Tomorrow" Published by *Biken International,* 2003
- Poetry book "Mother" Published by *Suijin-Sha,* 2008
- Poetry book "will become wind, someday" Published by *Shoshi Yamada,* 2012
- Poetry/art book "Word play" (Artwork by Ryoko Minegishi) Published by *Kaori Kogashiwa*, 2014
- Poetry/art book "egg that dreams and blue of the sky" (Artwork by Shinsuke Minegishi) Published by *Shoshi Yamada,* 2016
- Poetry/art book "the journey" (Artwork by Shinsuke Minegishi) Published by *Shinsuke Minegishi,* 2017
- Children's book "A cat and marmalade" Published by *Kaori Kogashiwa,* 2019
- Poetry/art book "deep in a body of water ; light glows in a window" (Artwork by Shinsuke Minegishi) Published by *AYA PRESS,* 2019
- Poetry/art book "deep in a body of water ; light glows in a window" (Artwork by Shinsuke Minegishi) Published by *Shoshi Yamada,* 2020

Shinsuke Minegishi (1970-)

Shinsuke Minegishi, print and bookmaking artist, was born in Setagaya ward, Tokyo. He moved to California in 1993 to attend College of the Sequoias. A few years later, he moved to Vancouver, Canada and began his fine-art studies at Emily Carr University of Art and Design.
Since he was a university student in the mid-90's, Minegishi has been actively practicing art by participating in multiple solo, group, and adjudicated exhibitions annually. He has won a number of international art awards, and his print and book works can be found in numerous public collections throughout the world, including museums, libraries, and universities.
Minegishi became a permanent resident of Canada in the year 2000. Currently, he works as a studio technician and instructor at Emily Carr University, where he graduated from in 1998.
In 2019, he established a publishing company called "AYA PRESS". The fine-press version of "deep in a body of water ; light glows in a window" was the first book from this press.

http://www.shinartist.com

The first edition of this poetry/art book “deep in a body of water ; light glows in a window” was published by Shoshi Yamada on August 25th, 2020.
Edited by Kazutami Suzuki and Fumiyo Oizumi
Poems by Ryoko Minegishi
Wood engraving print images by Shinsuke Minegishi

ISBN978-4-87995-999-7
Printed in Japan

Shoshi Yamada
2-8-5-301 Minami Ikebukuro
Toshima-ku, Tokyo 171-0022
Japan
Tel:81-3-3988-7467
http://shoshiyamada.jp

Shinsuke Minegishi
c/o Emily Carr University of Art and Design
520 East 1st Avenue
Vancouver, BC
CANADA V5T0H2
Tel: 1(604)928-7724
http://www.shinartist.com

水底の　窓の灯りがともり＊詩／峰岸了子＊画／峰岸仲輔＊発行二〇二〇年八月二五日初版第一刷＊発行者鈴木　民発行所書肆山田東京都豊島区南池袋二―八―五―三〇一電話〇三―三九八八―七四六七＊装幀亜令＊印刷精密印刷ターゲット石塚印刷製本日進堂製本＊ISBN九七八―四―八七九九五―九九九―七